JEANNE HACHETTE

OU

LE SIÉGE DE BEAUVAIS,

POÈME

Par Mme Fanny Dénoix,

de Beauvais.

PRIX : 1 FRANC.

A BEAUVAIS,

CHEZ ÉMILE TREMBLAY, LIBRAIRE,

664, RUE DE LA TAILLERIE.

1835.

PARIS, IMPRIMERIE DE PAUL DUPONT ET COMP., RUE DE GRENELLE-ST-HONORÉ, N° 55.

JEANNE HACHETTE

ou

LE SIÉGE DE BEAUVAIS.

PARIS. — IMPRIMERIE DE P. DUPONT ET Cie,
Rue de Grenelle-St-Honoré, n. 55.

JEANNE HACHETTE

ou

LE SIÉGE DE BEAUVAIS,

POÈME

Par Mme Fanny Denoix,

De Beauvais.

A BEAUVAIS,

CHEZ ÉMILE TREMBLAY, ÉDITEUR,

RUE DE LA TAILLERIE, N° 664.

1835.

AVIS DE L'ÉDITEUR.

Tous les héros de l'antiquité, tous les grands capitaines des temps modernes ont eu leur Homère, leur Tasse, leur Barthélemy : et cependant, était-ce bien réellement l'amour de la patrie qui dirigeait leurs pas contre des armées ennemies; qui leur commandait de ravager les pays conquis, d'en exterminer les habitans, d'humilier les rois vaincus, de s'asseoir sur leurs trônes? L'ambition des honneurs, la soif des richesses, n'étaient-elles pas plus souvent le véritable mobile de leurs actions?

Cette Jeanne d'Arc elle-même, cette fille inexplicable, aussi mystique que courageuse, nous ignorons encore après quatre siècles quelle tête faisait mouvoir son bras;

quel sentiment exaltait son imagination et décuplait ses
forces ! et néanmoins, que de poètes, que d'historiens (et
en ne parlant que de ceux qui furent dignes d'elle) ont
célébré ses faits d'armes véritablement surprenans !

Jeanne Laisné, connue sous le nom de Jeanne Hachette,
qui parut quarante ans plus tard, est bien moins renommée, et peut-être méritait plus de l'être. Elle a trouvé peu
d'écrivains, moins de poètes encore, qui se soient occupés
d'elle : elle a pourtant donné à son pays l'exemple d'un
courage et d'un dévouement qui, sans avoir rien de sur--
naturel, n'ont pu trouver naissance que dans l'amour de la
patrie porté au plus haut degré et dégagé de tout autre
sentiment. Ce n'était pas l'ambition, ce n'était pas l'intérêt, ce n'était pas un fanatisme religieux, ce n'était pas
même l'amour qui dirigeait le bras de Jeanne Laisné,
lorsque d'un coup de sa *hachette* elle abattit celui du sol-
dat qui plantait audacieusement le drapeau du duc de
Bourgogne sur les remparts de Beauvais. Ce n'était, ce
ne pouvait être que l'amour de son pays !

Et son pays, qu'elle sauva de la fureur des Bourguignons,
ne lui a point élevé une statue, ne lui a consacré aucun
monument ! on a cru seulement, il y a une quinzaine
d'années, réparer suffisamment un oubli si injuste en don-
nant à la rue qu'elle habita le nom de Jeanne Hachette ;
et croirait-on que le peuple, malgré les inscriptions pla-
cées aux extrémités de la rue, ne peut s'accoutumer à cette
dénomination ? O ingratitude des populations !

Cependant quelques peintres se sont emparés de ce sujet ; deux tableaux assez remarquables sont placés dans l'hôtel de ville, et y attirent l'attention des étrangers, bien plus que celle des compatriotes de Jeanne Hachette.

Peu d'écrivains (et quels écrivains, grand Dieu !) se sont occupés de faire connaître à la postérité le noble dévouement de l'héroïne de Beauvais. C'est à une femme qu'il était réservé de venger son pays et son sexe de cette coupable indifférence : une femme l'a tenté ; et nous croyons que madame Fanny Dénoix, dans le poème qu'elle offre au public, a réussi autant que le permettait la nature d'un sujet qui, malgré le vif intérêt qu'il inspire, lui présentait dans sa forme de grandes difficultés par la multitude de noms propres et d'expressions techniques qu'elle a dû employer.

C'est ainsi que l'Académie des jeux floraux de Toulouse en a jugé, en faisant de l'ouvrage de madame Dénoix une fort honorable mention dans son rapport, et en ordonnant l'impression de ce poème dans son recueil. Nous l'offrons au public tel qu'il a été présenté à l'Académie, et nous espérons qu'il en sera accueilli avec toute la faveur que doit inspirer le talent de l'auteur, déjà bien connu par plusieurs productions aussi gracieuses qu'élégantes, quoique empreintes trop souvent d'une teinte de mélancolie que l'on désirerait bien voir disparaître.

JEANNE HACHETTE.

Humble fille des champs, lève-toi, Dieu t'appelle.

DAVRIGNY, *Jeanne d'Arc à Rouen.*

JEANNE HACHETTE

ou

LE SIÉGE DE BEAUVAIS.

———◄•►———

Muse des vieux récits, rappelle à ma mémoire
Les exploits oubliés de notre antique histoire ;
Dis-moi comment la France, une seconde fois,
Quand l'ennemi juré du trône de ses rois

Voulut la ravager par le fer et la flamme,

Fut sauvée en un jour par le bras d'une femme.

Bourgogne, pour venger d'anciens ressentimens,

Le meurtre de Guyenne et la foi des sermens,

D'un hymen convenu la promesse annulée,

De Conflans tant de fois la trève violée,

Tel qu'un lion blessé, transporté du fureur,

Sur la France répand un long cri de terreur.

Allons laver, dit-il, dans leur sang notre injure,

Renversons de nos mains le trône du parjure;

N'écoutons désormais qu'un trop juste courroux;

Liguons-nous contre lui, qu'il tombe sous nos coups!

Oui, perfide allié, fils rebelle à ton père,

Tyran de tes sujets, assassin de ton frère,

Gentilhomme sans foi, monarque astucieux,

Je saurai remonter au rang de mes aïeux ;

Tu me verras bientôt, ceignant le diadème,

Arracher de tes mains l'autorité suprême ;

Ou celui qu'aujourd'hui tu nommes ton vassal

Parmi les rois du moins marchera ton égal !

Il dit : comme un torrent descendu des montagnes,

Dont le cours furieux ravage les campagnes,

Charles bondit, s'élance, et chacun de ses pas

Imprime la frayeur, annonce le trépas.

Nesle, tu sens d'abord les effets de sa rage :

Dans le sein de tes murs il sème le carnage,

Porte partout la flamme, égorge tes enfans,

Foule leurs corps meurtris sous ses pas triomphans,

Sur son coursier fougueux pénètre dans ton temple,

Y poursuit sa vengeance, avec orgueil contemple

Un long fleuve de sang qui l'inonde à grands flots;

Applaudit de la voix à ses cruels bourreaux;

Impitoyable, immole un peuple sans défense,

Et traîne ton héros à la vile potence [1].

De cet affreux massacre encore ensanglanté,

Il arrive devant Beauvais épouvanté,

Et dirigeant sur lui sa redoutable foudre,

Il menace déjà de le réduire en poudre.

Sous lui marchent unis cent mille combattans;

Ses chefs ont déployé leurs drapeaux éclatans;

Du feu de mille éclairs leur armure étincelle,

Et l'or en flots brillans sur leurs armes ruisselle;

Sur leurs fronts se balance un panache ondoyant ;

Leur casque est surmonté d'un emblême effrayant ;

Et leurs bouillans coursiers qui respirent la guerre,

Agitant leurs crins noirs, frappent du pied la terre.

Au premier rang l'on voit venir les Bourguignons,

Tout fiers de leurs exploits, orgueilleux de leurs noms ;

Comines, Crèvecœur, d'Ymbercourt, les commandent ;

Leurs accens tour-à-tour les flattent, les gourmandent.

Normands, Picards, Nantais, ont suivi Montmartin,

Mortel insatiable, affamé de butin ;

Le Suisse, l'Auvergnat, l'enfant de la Gascogne,

Marchent sous Hugonet, chancelier de Bourgogne.

Après eux, de Cléron rassemble les Lorrains ;

Contay fait obéir les sauvages Germains ;

De Romont réunit les fils de la Savoie ;

Les Flamands sont rangés sous les ordres de Croie ;

De Vaffaut est le chef de ces archers bretons ,

Des barbares Gallois glorieux rejetons.

A leur suite paraît ce peuple jadis libre

Venu des bords fameux où serpente le Tibre ;

Oubliant en ce jour ses destins d'autrefois ,

De Campo-Basso seul il reconnaît la voix ,

Perfide italien, favori de son maître ,

Qui sous de faux dehors cache l'ame d'un traître ;

Du roi Louis naguère il assiégeait le seuil ,

De Charles maintenant il encense l'orgueil ;

Bientôt sa lâche main , accoutumée au crime ,

Aux plaines de Nanci trahissant sa victime ,

Dans un complot infâme ira l'envelopper ,

Et forgera le fer qui devra le frapper [2].

Mais quel est ce guerrier que la force environne,

Qui traîne sur ses pas les foudres de Bellone ?

C'est le jeune d'Orson. Héros infortuné,

En vain dans ton grand cœur le courage est inné ;

En vain t'a protégé ton épaisse cuirasse :

La mort impitoyable ici marque ta place !

Cent peuples ont grossi ces vastes légions,

Hordes d'aventuriers, rebut des nations,

Sans foyers, sans patrie, en tous lieux redoutées,

Avides de pillage, à prix d'or achetées.

Sous cette multitude au loin le sol gémit ;

Beauvais à son approche et tressaille et frémit.

Pourtant il se dispose à braver la tempête;

De ses nobles enfans la défense s'apprête;

Mais qu'opposeront-ils à ces immenses flots?

Trois cents lances au plus entourent leurs drapeaux.

Balagny qu'a vu fuir Roye à Charles livrée,

En portant du vaincu l'infâmante livrée [3],

Balagny les commande. Aujourd'hui retrouvant

La belliqueuse ardeur qui l'anima souvent,

Il relève sa tête un instant asservie,

Et va venger sa honte en prodiguant sa vie.

Cependant un héraut, vers Beauvais député,

Non loin de ses remparts s'est soudain arrêté;

Il porte dans sa main un sinistre présage,

Une torche, une épée, emblème du carnage :

Français, répète-t-il, Français, soumettez-vous,

Ou de Charles craignez le terrible courroux !

Beauvais en tous les temps à son prince fidèle,

Au héraut Bourguignon répond ainsi que Nesle [4].

Tout à coup l'on entend un horrible signal

Qu'on croirait échappé du séjour infernal.

De Bellone aussitôt s'assemblent les machines :

L'artilleur fait mouvoir les longues couleuvrines ;

De loin leur projectile ébranle les remparts ;

L'arquebuse a lancé le plomb de toutes parts ;

Le canon rugissant vomit sur la muraille

Dans de noirs tourbillons l'homicide mitraille ;

Tout tremble sous le poids de l'énorme bélier ;

Cent globes enflammés partent de l'obusier ;

L'arbalète, les arcs au sein des airs frémissent ;

D'une grêle de traits les créneaux se hérissent,

Et le prompt incendie au vol impétueux

Enveloppe déjà la cité de ses feux.

Les braves assiégés qu'agrandit leur courage

D'un front inaltérable ont fait face à l'orage ;

La soif de la vengeance excite leurs soldats,

Et leurs foudres aussi vomissent le trépas.

Des deux côtés s'engage une lutte terrible,

Chaque parti déploie une ardeur invincible ;

Tous deux sont animés d'un semblable désir ;

Tous deux ont résolu de vaincre ou de périr.

On s'attaque, on se heurte, on s'égorge, on se presse,

On crie à la victoire, on crie à la détresse;

Sous cent formes la mort s'environne d'horreurs,

Et l'écho retentit de confuses clameurs.

Des assaillans vainqueurs s'avancent les cohortes,

De la ville alarmée elles touchent les portes,

Quand du haut des remparts son peuple belliqueux

Jette sur leur passage un déluge de feux.

Un incendie éclate, et la porte enflammée

En barrière brûlante apparaît transformée.

Les hardis Bourguignons tentent de la franchir,

Mais ici leur courage est forcé de fléchir

De Charles indigné la présence soudaine,

Malgré l'ardente flamme, au combat les ramène.

« Vous, dit-il, dont j'ai vu les exploits surprenans,

« Iriez-vous reculer devant ces vils manans ?

« Iriez-vous, ternissant aujourd'hui votre gloire,

« De dix ans de succès effacer la mémoire ?

« A l'assaut ! à l'assaut ! Accourez me venger

« De ce faible ennemi qui voudrait m'outrager.

« Fiers enfans de Bourgogne, armez vos mains fidèles,

« Renversez ces remparts, égorgez ces rebelles,

« Embrasez leurs abris : que demain le Français

« Se demande en passant où s'éleva Beauvais ! »

Ces farouches guerriers que la honte pénètre,

Ne sentant plus d'obstacle aux accens de leur maître,

Aussi prompts que l'éclair s'élancent dans ces feux,

Et volent à l'assaut encor plus furieux.

Rien ne peut des Français vaincre la résistance.

A ce choc opposant une ferme constance,

On les voit sur leurs murs presser leurs bataillons,

Au rang des agresseurs ouvrir d'affreux sillons,

Étonner, repousser cette masse innombrable

Qui plie et qui revient toujours plus formidable.

Les femmes accourant, fortes de leurs transports,

De ce peuple acharné surpassent les efforts.

Au mépris de la mort, ces femmes intrépides

Se jettent à travers les flèches homicides,

Entraînent leurs enfans au milieu des soldats,

Les cheveux hérissés se mêlent aux combats ;

De pierres et de fer chargent les couleuvrines,

Remplissent le fossé de brûlantes fascines,

Versent l'huile bouillante et la chaux par torrens,

Inondent l'ennemi de ces flots dévorans ;

Arrachent à leurs toits des poutres et des pierres,

Renversent sous ce faix des phalanges entières ;

Et les traits bourguignons par elles ramassés,

Vont percer le soldat.qui les avait lancés :

Plus le danger s'accroît, plus leur rage s'anime.

Les assiégés suivant leur exemple sublime,

Ne sachant plus combien ils comptent de rivaux,

Avec plus d'espérance entourent leurs créneaux.

Guerrier infortuné, mais citoyen fidèle,

Balagny, que blessa l'arbalète cruelle,

A peine soulevant ses membres affaiblis,

S'approche et de la voix sert encore son pays :

« Courage, compagnons, votre cause est sacrée ;

« La victoire en ce jour pour vous est assurée !

« D'un féroce étranger craindriez-vous les coups,

« Quand Dieu, le roi, l'honneur combattent avec nous ?»

De ces braves pourtant la constance s'épuise ;

La fortune pour eux jusqu'alors indécise,

A leur persévérance, hélas! ne sourit plus :

Ils ont en vain tenté mille efforts superflus :

C'est surtout à présent qu'ils sentent leur faiblesse ;

Chaque heure, chaque instant rapproche leur détresse ;

A leur long cri d'appel aucun cri ne répond :

Sous le joug d'un barbare ils vont courber le front !

Au fier envahisseur qui résolut leur perte,

C'en est donc fait, la France est maintenant ouverte !

Comment sortiront-ils d'un si pressant danger ?

Quel bras miraculeux viendra les protéger ?

L'Éternel peut s'armer seul pour leur délivrance :

En lui Beauvais a mis sa plus chère espérance ;

Il invoque Angadrême en tout temps son appui :

Serait-elle à sa cause insensible aujourd'hui ?

Sur les murs entrouverts sa châsse vénérée

Est apportée en pompe ; et la foule éplorée

En l'entourant de vœux, en l'arrosant de pleurs,

De son secours attend la fin de ses malheurs.

O comble de revers ! une flèche lancée,

Par une main impie y demeure enfoncée ⁵,

Voilà donc pour jamais l'espoir évanoui !

Le peuple consterné de toutes parts a fui ;

Pour lui plus de salut, la terreur l'environne :

Eh quoi ! le ciel aussi lui-même l'abandonne !

Cependant les enfans, les femmes, les vieillards,

Dans le temple sacré portent leurs flots épars,

Implorant à genoux le monarque suprême

Qui commande à la terre, au ciel, à l'enfer même;

Qui, lorsque Goliath s'avançait triomphant,

Accorda la victoire aux armes d'un enfant;

Qui donne au plus petit la valeur et l'audace

Quand il veut l'entourer du rempart de sa grace.

Une vierge timide était au milieu d'eux :

A l'autel d'Angadrême elle adressait ses vœux ;

Son cœur était rempli de cette foi sincère

Qui du ciel irrité détourne la colère.

Elle avait pour nom Jeanne, et ses modestes traits

N'avaient jamais brillé de frivoles attraits.

« De nos murs, disait-elle, auguste protectrice,

« Notre unique réfuge, à nos maux sois propice !

« Daigne nous préserver de Charles le cruel,

« Comme tu nous sauvas du farouche Arondel,

« Redoutable ennemi d'effrayante mémoire,

« Dont nos mères souvent nous racontent l'histoire [6].

« Détourne loin de nous ce fléau destructeur ;

« Abaisse le pouvoir d'un prince usurpateur ;

« Ramène-nous ces temps qui s'écoulaient prospères

« Entre un culte pieux et l'amour de nos pères ;

« Que, consacrant ce jour funeste au Bourguignon,

« Nous fêtions d'âge en âge et ta gloire et ton nom ! »

Jeanne ayant dit, se lève altière, éblouissante,

Ranime à son aspect la foule gémissante,

Et s'écrie : « O mes sœurs ! suspendez votre effroi ;

« Notre patronne ici s'est révélée à moi :

« Cessez par le danger de vous laisser abattre ;

« Contre le Bourguignon venez plutôt combatire.

« Le voyez-vous franchir nos antiques remparts ;

« Sur nos murs écroulés planter ses étendards ?

« De Nesle vous savez l'épouvantable exemple ;

« Attendrez-vous qu'il vienne au milieu de ce temple

« Tout ruisselant de sang, suivi de ses bourreaux,

« Nous égorger aussi comme de vils troupeaux ?

« Cessez donc de prier : les heures nous sont chères ;

« Hâtons-nous de voler au secours de nos frères !

« Écoutez retentir leurs lamentables cris ;

« Voyez le sol jonché de leurs tristes débris !... »

A l'instant d'Angadrême elle prend la bannière,

Hors de l'asile saint s'élance la première ;

D'une hache homicide arme sa faible main,

Et vers les murs fumans se dirige soudain.

La foule l'a suivie en criant : France ! France !

A Charle, aux Bourguignons anathème ! vengeance !

Alors les assiégés, par le nombre accablés,

Ralliaient vainement leurs compagnons troublés :

Au désordre, à la peur leur troupe était livrée ;

Ils allaient succomber lorsque Jeanne inspirée

Apparaît dans leurs rangs. Son visage, son air,

Son port sont d'un héros ; son œil lance l'éclair :

« Arrêtez ! arrêtez ! quoi ! faut-il que des femmes

« Réveillent la valeur éteinte dans vos ames ?

« Français, eh ! depuis quand se tait dans votre cœur

« La voix de la patrie et celle de l'honneur ? »

Déjà le Bourguignon que son triomphe enivre

D'un pas audacieux s'apprête à le poursuivre ;

Déjà son étendard aux superbes replis

Ondoyait fièrement sur les murs en débris :

Jeanne le voit; d'horreur tout son être palpite ;

Au fort de la mêlée elle se précipite,

Arrache d'une main le trophée outrageant,

De l'autre du vainqueur aussitôt se vengeant

Fait briller à ses yeux la hache meurtrière,

Et voit son corps sanglant rouler sur la poussière ;

Puis plantant sa bannière aux brèches des remparts,

Elle rallie autour les assiégés épars,

Qui, retrouvant enfin leur constance et leur zèle,

Retournent aux combats pleins d'une ardeur nouvelle.

Devant la jeune fille interdit, confondu,

L'avide conquérant est resté suspendu,

Étonné qu'une femme ait su par sa présence

De son bras un instant balancer la puissance.

Ses soldats consternés, abandonnant l'assaut,

Sourds à l'ordre des chefs, se dispersent bientôt,

Surpris, glacés d'effroi, croyant que Dieu lui-même

Leur lance des remparts la mort et l'anathème.

Jeanne, après cet exploit, s'éloigne des combats ;

Ses compagnes en foule accourent sur ses pas,

La nommant à l'envi leur noble bienfaitrice,

Et de leurs murs chéris seule libératrice.

Elle revient au temple adorer l'Éternel,

Appendre son trophée aux voûtes de l'autel,

Et chantant à ses pieds l'hymne de la victoire,

A Dieu seul elle fait hommage de sa gloire.

Mais quel bruit retentit au sein de la cité !

Est-ce du Bourguignon un assaut répété ?

L'on entend mille cris dont les airs se remplissent;

Parmi des flots confus des armes éblouissent ;

Des coursiers frémissans ont ébranlé le sol ,

L'œil de leurs cavaliers à peine suit le vol.

On s'inquiète, on court : « C'est le roi, c'est la France,

« Qui viennent de Beauvais hâter la délivrance.

« Nous n'en pouvons douter, ce secours part du ciel, »

Dit le peuple joyeux, en répétant : Noël !

De la Roche Tesson, Jean de Reims, Fontenailles,

Encore tout poudreux, gravissent les murailles;

De Rouhaut, Dammartin, Sallazar, de Torcy,

Destouville, Gaston, s'y rassemblent aussi,

Suivis de leurs canons, avec leurs hommes d'armes :

Intrépides soldats, vieillis dans les alarmes,

Vouant tous à Louis leurs bras forts et vengeurs,

Qui de Charles jadis se montrèrent vainqueurs.

A leur vue exhalant les transports de sa rage,

Bourgogne rugissant réveille le carnage :

Son imposante armée, excitée à sa voix,

Vingt fois tente l'assaut et recule vingt fois.

Enfin, au pied des murs de l'indomptable ville,

Se brise pour toujours son effort inutile.

Tel aux bords de l'Afrique un serpent monstrueux

Qui, roulant sur le roc ses effroyables nœuds,

N'a senti sous son dard qu'une pierre insensible,

Relève en frémissant sa paupière terrible,

Respire une autre proie au milieu des déserts,

Et de ses sifflemens épouvante les airs !

Abandonnant ainsi cet espoir de conquête,

Charles chez le Normand va venger sa défaite ;

Et le courroux] du ciel, qui s'attache à ses pas,

Vers les murs de Nanci le pousse à son trépas.

Des enfans de Beauvais la ferme résistance

Comme un bruyant écho retentit dans la France ;

Chacun dans son éloge élève jusqu'aux cieux

D'une autre Jeanne d'Arc l'effort audacieux.

L'agile renommée, avant le prompt message,

Jusqu'au trône des rois a redit son courage.

Louis, de l'héroïne admirant la valeur,

La comble de ses dons, la nomme son vengeur ;

Ordonne par édit qu'une pompe annuelle

Consacre son haut fait chez son peuple fidèle ;

Il veut que cette fête aux siècles à venir

En conserve à jamais le noble souvenir ;

Et depuis, tous les ans une vierge timide

Allume, en imitant le guerrier intrépide,

Le bronze des combats qui doit de ce beau jour

Par cent coups répétés annoncer le retour.

Tous les ans une vierge, au son des saints cantiques,

Précédant dans nos murs de pieuses reliques,

Promène avec orgueil le drapeau tout poudreux

Qui fut teint autrefois d'un sang si généreux ;

Tandis qu'un jeune essaim, qui se presse autour d'elle,

Rappelle par ses chants la journée immortelle

Où, la hache à la main, debout sur le rempart,

Jeanne au fier Bourguignon arracha l'étendard [7].

※

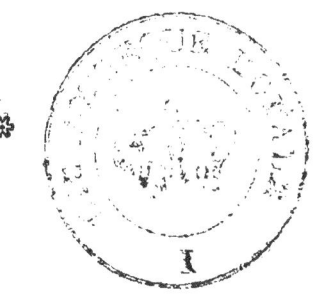

NOTES.

———◦◦◦———

[1] Comines, tome II, page 149.

[2] Comines ; Barante , *Histoire des ducs de Bourgogne*, tome II, page 126.

[3] Comines ; Barante.

[4] Comines ; Barante.

[5] Jacques Grévin ; Loisel ; Barante.

[6] Beauvais, assiégé en 1433 par le comte d'Arondel, sauvé par l'intercession de sainte Angadrème (Barante , *Histoire des ducs de Bourgogne*, tome Ier, page 15).

[7] Louis XI fonda en 1472 la procession de Sainte-Angadrème, en action de grace pour la victoire remportée sur les Bourguignons. Cette cérémonie est toujours observée à Beauvais ; et l'on y voit encore le même drapeau que Jeanne Laisné ravit à l'ennemi, porté par une jeune fille qui met elle-même le feu au canon (Voyez Jacques Grévin ; Loisel ; Barante).

———◦◦◦———

www.ingramcontent.com/pod-product-compliance
Lightning Source LLC
Chambersburg PA
CBHW060843180626
46818CB00004B/1567